Batter Up!
¡A batear!

By David Lewman • Translated by Yuliana Gomez
Illustrated by Warner McGee

A Random House PICTUREBACK® Book

Random House 🏠 New York

created by

Stephen Hillenburg

randomhouse.com/kids

ISBN 978-0-385-38436-0

Printed in the United States of America

10 9 8 7 6 5 4 3 2 1

Una mañana, el papá de Bob Esponja lo llamó. Le pidió a su hijo que jugara en su nuevo equipo de béisbol. "¡Suena fantástico!" exclamó Bob Esponja.

One morning, SpongeBob's father called him. He asked SpongeBob to play on his new baseball team. "That sounds great!" SpongeBob exclaimed.

"¡Yo era un gran jugador de béisbol
cuando era niño, Gary!" dijo Bob Esponja.
"Miau", contestó Gary.

"I was a great baseball player when I was a kid, Gary!" SpongeBob said.
"Meow," Gary replied.

Bob Esponja desempacó su viejo equipamiento de béisbol. Había un bate grande y blando, y un soporte para poner la pelota.

"¡Mi gorra todavía me sirve!" dijo Bob Esponja.

SpongeBob unpacked his old baseball equipment.
There was a big squishy bat and a tee to put the ball on.
"My hat still fits!" SpongeBob said.

Patricio miraba a Bob Esponja practicar.
"La clave es siempre mantener tu vista
en la pelota", declaró Bob Esponja.
"Eso es fácil cuando la pelota no se
mueve", dijo Patricio.

Patrick watched SpongeBob practice for the game.
"The key is to keep your eye on the ball," declared SpongeBob.
"That's easy when the ball doesn't go anywhere," said Patrick.

Bob Esponja llegó a la cancha, pero algo estaba mal. No había soportes para las pelotas. ¡Era béisbol de grandes!

SpongeBob arrived at the field, but something was wrong.
There were no tees to hold the balls. This was big-boy baseball!

El papá de Bob Esponja le dio a la pelota y Bob Esponja lo vitoreó mientras corría hacia primera base. ¡y la alcanzaba!

SpongeBob's dad hit the ball, and SpongeBob cheered him on as he ran to first base. He was safe!

Después era el turno de Bob Esponja al bate. "¿Qué hago?" preguntó. "Prueba la limonada", le dijo Patricio. "¡Está buenísima!"

Then it was SpongeBob's turn at bat. "What should I do?" he asked. "Try the lemonade," said Patrick. "It's really good!"

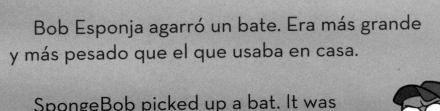

Bob Esponja agarró un bate. Era más grande
y más pesado que el que usaba en casa.

SpongeBob picked up a bat. It was
bigger and heavier than his bat at home.

El árbitro le recordó a Bob Esponja que se
pusiera un casco. Era más duro que su gorra vieja.

The umpire reminded SpongeBob to wear
a batting helmet. It was harder than his old cap.

Bob Esponja trató de dar le a la pelota. Trató por segunda vez. Trató la tercera. ¡Pero no lógro batear ninguna de las tres vece!

"¡Fuera!" gritó el árbitro.

SpongeBob swung once. He swung twice. He swung
a third time. He missed all three pitches!
"You're out!" yelled the umpire.

A Bob Esponja le gustaba correr por los jardines y atrapar las pelotas. ¡También lanzaba muy bien!

SpongeBob liked running around the outfield and catching balls. He was good at throwing, too!

Pero pronto Bob Esponja tenía que batear otra vez. "¿Le podré dar a la pelota?" se preguntó.

But soon he had to bat again. *"Will I hit the ball?"* he wondered.

¡SMACK! ¡Bob Esponja le dio a la pelota!
El papá de Bob Esponja le gritó que corriera.
"Oh, sí", dijo Bob Esponja.

SMACK! SpongeBob hit the ball!
SpongeBob's dad yelled at him to run.
"Oh, yeah," SpongeBob said.

Bob Esponja corrió lo más rápido que pudo
a la primera base, ¡y su papá corrió al plato.
¡Fue la primera carrera para su equipo!
¡Y después ganaron el juego!

SpongeBob ran as fast as he could
to first, and his father ran to home base.
It was their team's first run! They
went on to win the game!

"Buen juego, bateador", declaró el papá de Bob Esponja.
"¡Gracias, Papá!" dijo Bob Esponja. "Cuando quieras volver a jugar ¡estoy listo!"

"Nice game, slugger!" exclaimed SpongeBob's dad.
"Thanks, Dad!" said SpongeBob. "Any time you want to play again, I'm ready!"